*Para mis padres
y mi sobrino Miguel*

Primera edición: *abril 2003*
Segunda edición: mayo 2004

Colección dirigida por Marinella Terzi

© del texto: Chema Gómez de Lora, 2003
© de las ilustraciones: Pablo Núñez, 2003
© Ediciones SM, 2003
   Impresores, 15 - Urbanización Prado del Espino
   28660 Boadilla del Monte (Madrid)

ISBN: 84-348-9276-6
Depósito legal: M-18980-2004
Impreso en España / *Printed in Spain*
Imprenta: Orymu, SA - Ruiz de Alda, 1 - Pinto (Madrid)

EL BARCO DE VAPOR

Chichones y chocolate

Chema Gómez de Lora

Ilustraciones de Pablo Núñez

Un día,
en la clase de Migueluso Limón
contaron tres chistes de gordos.
—Era un hombre tan gordo,
tan gordo, tan gordo...
—dijo María Galleta—,
que se hizo un traje de flores
y se acabó la primavera.

La mitad de los niños
se tiró al suelo de la risa.

La otra mitad no se rió...

Luis Salchichón
no entendía el chiste.
Dulce de Membrillo
preguntó:

¿Qué
ha
dicho?

9

Palomita Maíz anunció
con voz de pato:

—¡Qué chiste m

Don Frutos Secos, el profe,
y Migueluso Limón estaban serios
como los niños castigados.

13

Palomita Maíz subió a la tarima
para contar el segundo chiste:
—Era un hombre tan gordo,
tan gordo, tan gordo,
que se cayó de la cama
por los dos lados.

La carcajada se oyó en China.
Dulce de Membrillo se rió
como una yegua.

Pero don Frutos Secos
y Migueluso Limón
ni siquiera movieron los labios.

El tercer chiste lo explicó
Luis Salchichón:

—Era un hombre tan gordo,
tan gordo,

tan

GORDO,

que el sastre,
para medirle la cintura,
tuvo que subirse a una bicicleta.

Esta vez
hasta don Frutos se tuvo
que sujetar la tripa
para no partirse de risa.
Pero Migueluso Limón siguió
en silencio,
como los bebés dormidos.

—¡Hola, Superpapi,
ya estoy aquí!
—dijo Migueluso Limón
cuando entró en su casa.
Tiró la mochila por el aire
y se asomó a la cocina.
—Papá,
¿me das un beso
de oso hormiguero?

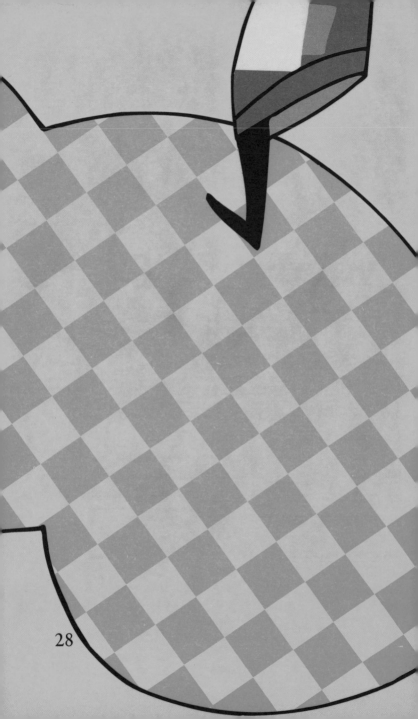

28

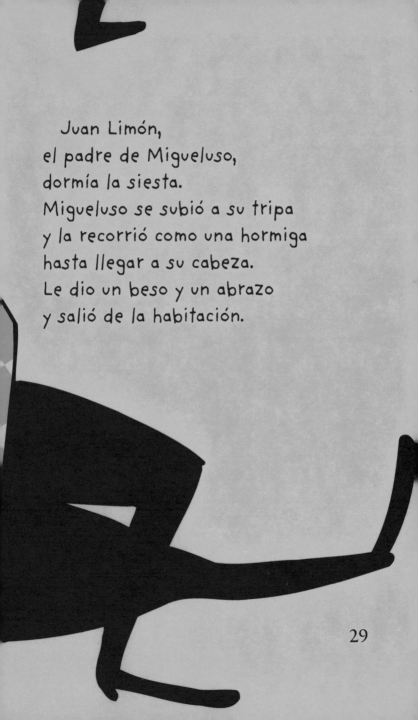

Juan Limón,
el padre de Migueluso,
dormía la siesta.
Migueluso se subió a su tripa
y la recorrió como una hormiga
hasta llegar a su cabeza.
Le dio un beso y un abrazo
y salió de la habitación.

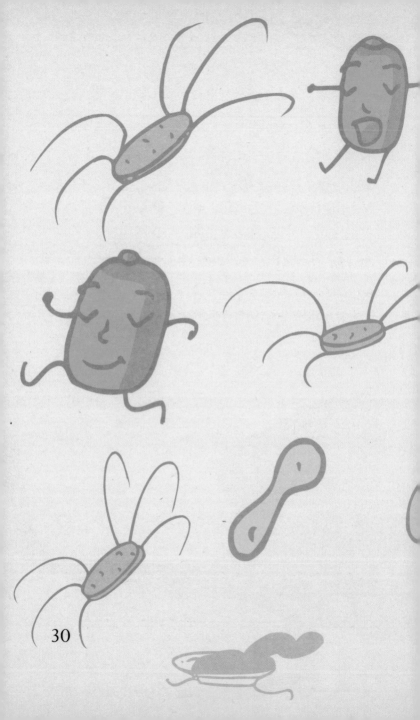

—Migueluso, cariño,
¿qué quieres merendar?
Te he preparado zumo
de kiwi australiano,
tortitas mexicanas
con chocolate y nata,
natillas con galletas
de arañas africanas
y, para terminar,
un polo del Polo Norte.

Migueluso contestó:

—Quiero natillas con galletas
de arañas africanas.
Nunca las he probado.
Podríamos merendar en el parque...

—¡Excelente idea!
¿Dónde tienes tu bicicleta?
Ayúdame a ponerme el cinturón
—afirmó entusiasmado
el padre de Migueluso.

Yo también tengo una idea
—continuó Juan Limón—.
Ven que te la cuento al oído:
Como soy un padre grande
y redondo como el mundo,
puedes viajar muy alto,
en una mochila sobre mi espalda,
igual que un explorador
subido a un elefante.

Cuando llegaron al parque
se encontraron con María Galleta
y Palomita Maíz.
Se tiraban abrazadas
por el tobogán.
   —¿Quién es ese?
—preguntaron las niñas a Migueluso.
   —Es mi padre
—contestó Migueluso
muy orgulloso.

—¡Mieles y mermeladas!
¡Es tan gordo como el de los chistes!
—dijeron riendo María Galleta
y Palomita Maíz.
   Migueluso Limón
se entristeció muchísimo
y se escondió dentro de la mochila.
   —Ya no quiero jugar a nada.
Tampoco quiero merendar,
no me gusta que se rían de ti
—dijo, cerrando la cremallera del macuto.

Juan Limón preparó una mesa
de picnic con salero,
un plato llano,
un vaso con un dibujo
de Merlín el encantador
y un mantel de cuadros...
De pronto se oyó el llanto
de una niña.
Era María Galleta.
Lloraba porque Palomita Maíz
la había aplastado
en una aparatosa caída
del tobogán.
María parecía una galleta deshecha
en un charco.

—Migueluso,
sal de tu escondite.
Te propongo algo divertido:
Repartir entre los niños que lloren
invitaciones para una merienda curativa
—afirmó Juan Limón
con una sonrisa de sandía.

Migueluso Limón se acercó
al tobogán
y le dio una invitación
a María Galleta.
Por suerte, cuando llegaron
a la mesa de la merienda,
María seguía llorando.

—Echa tus lágrimas
en el vaso de Merlín,
las mezclaremos con hielo
y zumo de kiwi australiano.
Así probarás una bebida deliciosa
—aseguró Juan Limón.

María Galleta bebió el vaso
de un sorbo
y quiso repetir.
—¿Te ha gustado?
¿A que sí?
Pues tienes que traer más lágrimas
si quieres repetir.
También brotan cuando te ríes
de alegría.
La risa produce
los más sabrosos sollozos
—afirmó Juan Limón.

Migueluso se colgó
en el cuello
un cartel grande
que decía:

CHICHONES CON CHOCOLATE,
TURRON PARA EL COSCORRÓN,
NATILLAS PARA LAS ZANCADILLAS...
TE AYUDAMOS A COMERTE TUS PENAS.

Dulce de Membrillo
vio a Migueluso
paseando con su cartel
y quiso acompañarlo
porque se había caído
del columpio
y le dolía la rodilla.

—¿Es un dolor muy grande
o un dolor pequeño?
—preguntó Juan Limón.
    —Es un dolor terrible
—contestó Dulce.
    —Entonces me lo como yo
porque las grandes tristezas
están muy amargas,
y a mí me gustan de todos los sabores
—dijo Juan Limón.

Sacó una tortita mexicana,
la rebozó con chocolate y nata,
cogió el dolor invisible de Dulce
con los dedos pulgar e índice
y lo espolvoreó en la tortita.
   —Ya no me duele tanto,
¿me das un poco?
—pidió Dulce de Membrillo.
   —Sí, claro. Es tu dolor,
mejor que te lo comas tú.

—¡Chichones con chocolate!
¡Natillas para las zancadillas!
¡Turrón para el coscorrón!
¡Cómete tus penas con nosotros!
—gritaba y cantaba Migueluso Limón
por todo el parque.

Se formó una cola larguísima
detrás de Migueluso Limón;
más larga que la del flautista
de Hamelín.

Esa tarde,
Juan Limón ayudó
a que desaparecieran
casi todas las penas
de los niños del parque.

Al día siguiente,
le dijo Migueluso a don Frutos Secos:
   —¿Puedo contar un chiste de gordos?
   —Sí —contestó el profe.
   —Era un hombre tan gordo,
tan gordo, tan gordo,
que se podía comer todas las penas
de los niños de un parque
—dijo riendo Migueluso.

Todos los compañeros de Migueluso
y don Frutos Secos aplaudieron
hasta que no pudieron más.
—¡Viva Migueluso!
¡Viva Juan Limón!
—gritaron sin parar.